소중한 사람

소중한 사람

엮은이 임정민

다락방

발간사

국제가정문화원 원장 임정민

손잡아 준다고 넘어지지 않는 건 아니지만
손 내미는 당신이 고맙습니다.

응원한다고 삶이 힘들지 않은 건 아니지만
힘내라는 당신이 고맙습니다.

혼자 간다고
다 길을 잃은 건 아니지만
기다려준 당신이 고맙습니다

말 한마디 안 한다고
우울해지는 건 아니지만
말을 건네준 당신이 고맙습니다
                    - 신화남 시인의 고마운 당신

우리는 모두가 머나먼 낯선 별에서 온 나그네입니다.
가슴 속 깊이 간직한 희망을 위해 노력하는 다문화가족의 이야기를
시로 엮어 보았습니다.
시로 표현한 이 자그마한 추억이 삶을 더욱 풍성하게 하는 계기가
되기를 바라며 다문화가정의 행복한 삶을 응원합니다.

목 차

초등부_

중등부_

고등부_

대학 · 성인부_

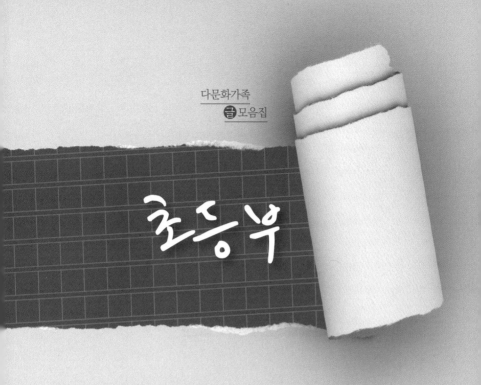

다문화가족
글모음집

초등부

양효범 경민혁 신호민 양효인 성유진 조호준 티루마니 레위

고명대 고명진 박리노 박효연 성이룬 문효진

소중한 사람 ^{외 4편}

양효범

나에게 아주 소중한 사람
날 태어나게 해준 사람

날 위해 무언가 사 주는 사람
그건 엄마다.

엄마는 날 위해 뭐든 해준다.
그런 엄마가 좋다.

• 초 6

깊은 곳 어느 곳에

살려 달라 하지 않고
어두컴컴한 곳에 사는 작은 무엇

이 작은 건 생명이 있고 멋지지만
인간에게는 하찮은 것이다.

하지만 인간보단 용기 있다.

동생과 곤충

햇살 뜨거운 여름날
밖으로 나가자는 동생 따라
싫지만 어쩔 수 없이 나간다.

나가자마자 동생은
곤충을 잡는다.
그걸 키우고 싶어한다.

안된다 그러자
동생은 그 곤충을 죽였다.
그냥 가자하는데도
동생은 곤충을 또 죽였다.
개미, 콩벌레, 사마귀, 나비를 차례로 죽였다.
죽은 곤충들은 어떻게 될까?
하늘로 올라갈까?
귀신이 돼 복귀할까?
아니면 별이 돼
내 동생을 지켜볼까?
그런 생각을 하니 무서워졌다.

달라도

피부색이 다르고
나라가 달라도

생각이 다르고
성격이 달라도

우리는
같은 사람이네

나무

나무야 고맙다
많은 공기를 주어서

나무야 나무야
시원한 그늘을 주어서 고맙다

항상 쉴 수 있게
그늘을 내어주는
학교앞 큰 나무야
고맙다

먼저 먹고 싶다

경민혁

내가 먼저 닭다리를 먹을 줄 알았는데
누나가 먼저 먹고 있었다.

내가 먼저 소스를 먹을 줄 알았는데
누나가 먼저 다 먹고 있었다.

내가 먼저 먹지 못해서 미안해

• 초 6

개구리 키우기

신호민

개구리가 있다.
못생겼다.

개구리가 있다.
잘 생겼다.

"엄마! 나, 이 개구리 키우고 싶어!"

개구리를 집에 데리고 왔다.
동생이 귀엽다고
손에 올려달라고 했다.

손에 올려 줬더니
"미끄러워!" 라며
던져버렸다.

• 초 6

아빠와의 추억

양효인

아빠는 쉬는 날에
뉴스를 본다.

아빠는 쉬는 날에
나를 자전거에 태워 준다.

아빠는 쉬는 날에
다이소에 간다.

아빠는 쉬는 날에
머리카락을 자른다.

나는 아빠가 쉬는 날이
좋다.

• 초 1

뚝딱이 손

성유진

뚝딱 한번 움직이면
예쁜 공이 되고

뚝딱 뚝딱 두 번 움직이면
바구니가 된다.

요리조리 만지면
예쁜 공주가 되고

그림으로 그리고
색칠하면
우리 엄마는
영화배우가 된다.

• 초 2

파도

조호준

파도가
벽에 부딪친다

찰싹찰싹
찰싹찰싹

꼭 내 뺨을 때리는
소리처럼 들린다.

• 초 5

우리 브라우니

티루마니 레위

브라우니를 처음 만났을 때
브라우니가 짖지 않아서 너무 신기했다.
브라우니가 너무 귀여워서 안아주고 싶었다.

며칠이 지나고 나서
브라우니는 손, 앉아, 엎드려를 배웠다.
또 며칠이 지나고 또 하이파이브를 배웠다.

엄마가 간식을 줘야만
하이파이브를 했는데
내가 할 때는
간식을 주지 않아도 하이파이브를 했다.

내 손이 금손 같았다.
정말 기뻤다.
나는 우리 브라우니가
너무너무 좋다.

• 초 4

계란 프라이

고명대

계란 노른자는 동근 해 같고
계란 흰자는 구름 같다
계란 프라이
노른자는
해님같이 예쁘고
흰자는
구름처럼 부드럽고
맛있다
제가 제일 좋아하는
계란 프라이

• 초 5

떡

고명진

꿀떡은 말랑말랑
가래떡은 쫄깃쫄깃
바람떡은 바닥처럼 납작하네

언제나 먹어도 맛있어
계속 먹고 싶네

• 초 3

달팽이 놀이 ^{외 1편}

박리노

뱅글뱅글
도는 달팽이 놀이
가위바위보!
또! 또!
가위바위보!

가위바위보를
지면
다시 돌아가야 하는
달팽이 놀이

• 초 3

사방치기

콩콩 뛰는
사방치기
콩! 콩!
어... 어...

선을 밟으면
다음 순서를
기다려야하는
사방치기

커피

박효연

오늘은 추운 날
따뜻한 커피

오늘은 더운 날
차가운 커피

오늘은 햇빛 반 비 반
무지개 커피

눈이 커피 위에서 놀고 있다
아이스크림 커피

남자랑 여자가 함께 왔다
하트 커피

이 커피숍 이름은 우리의 마음

• 초 2

고사관수도

성이룬

강가 바위에서
엎드려 눈을 감고
생각을 정리하네

이러면 어떠하리
저러면 어떠하리

백성들 편하면
내 마음 놓이네

• 초 6

눈꽃

문효진

아름다운 눈꽃
만지면 사르르 녹아도
예쁜 눈꽃

예쁘고 멋진 눈꽃
하늘에서 내리는 예쁜 눈꽃
추운 곳에서 내리는 멋진 눈꽃
세상에서 제일 예쁜 눈꽃

• 초 5

다문화가족 글모음집

교동부

이창우 강은지 양동욱 고려원 김소정 이연수 김민건

군침이 싹 도는 날

이창우

오늘 아침은
스팸
군침이 싹 돈다.

오늘 점심은
짜장면, 짬뽕, 탕수육 세트
군침이 싹 돈다.

오늘 야식은
후라이드치킨
군침이 너무나도 싹 돈다.

• 중 3

풀의 쉼터 외 2편

강은지

오늘 하루도 많이 지치셨나요
우울할 땐 바람을 느껴요
물로 씻겨내요
하늘을 바라봐요

옛날엔 생각했죠
나는 별거 아니라고요
하지만 모두 자신만의 좋은 게 있는걸요

조금 더 조금 더 행복해지길
전 당신의 상냥함이 좋아요
언제나 웃으며 언제나 친절하게

당신이 힘들 때마다 잠시 눈을 감으면
보이지 않는 편안함이 있을 거예요
밝은 미소 유지해주고 싶네요
물론 당신의 미소를요

풀잎은 안 보이는 바람에 흔들려
나도 모르는 새 춤추고 있어요

· 중 3

나와 다른 너 너와 다른 나

처음엔 어색했지
서로를 몰랐기에

1년 동안 싸웠지
우린 다른 사람이기에

너는 날 이해하지 못하고
나의 말에 상처받고

나는 널 이해하지 못하고
너의 행동에 울었지

매일 싸우는 우리에게
누군가가 말했지

인간관계란 잘못된 부분이 생겨도
서로 맞춰나가는 게 기본이라고

나와 다른 너의 발을 맞추고

너와 다른 나의 발을 맞추고

내가 모르는 이야기를 알아가며
너의 마음에 닿을 대답을 찾는다

서로의 선을 그려가고
우리의 추억을 적어내려가네

어설프게 피었던 봄은
새하얀 겨울로 변해가네

별

첫 번째 뜬 별은 1살 아기 때
어린 아기 보면 방긋 웃는다

두 번째 뜬 별은 9살 아이 때
자라나는 미래의 여린 새싹

세 번째 뜬 별은 17살 소년 때
우는 날도 많지만 웃는 날도 올 거야

네 번째 뜬 별은 21살 성인일 때
수없이 부딪히는 널 응원해

다섯 번째 뜬 별은 50살 중년 때
많이도 걸어왔지 오랜 시간 동안

여섯 번째 뜬 별은 75살 노년 때
그러고 보니 그땐 그랬었지

일곱 번째 뜬 별은 나의 마지막 날
돌아보면 정말 행복했어

저체중

양동욱

오늘부터 저체중을 벗어나기 위해 노력하기로 했다.

밥을 먹을 때 하나도 남기지 않고 먹기도 했고

토요일마다 햄버거를 먹어보아도

도저히 살이 안 찐다.

도대체 얼마나 더 먹어야지 살이 찔까.

• 중 1

투명한 창문 외 2편

고려원

내 옆에 있는
투명한 창문

더울 땐 바람을
들여보내 주고

추울 땐 바람을
막아주는
고마운 창문

내 옆에 있는
투명한 창문

환기도
시켜주고

바깥풍경도
보여주는 창문

그래서 더 고마운 창문

• 중 3

동백에 대한 걱정

눈 덮인 돌담 위에
피어난 동백

눈이 왔는데 춥지도 않은지
활짝 피어난 동백

동백아, 다음에는
봄에 피어나렴.

겨울이 너무 춥지 않니?

나무

생명체들의 편안한
휴식처

계절을 알려주는
알람시계

먼지 속에서도 열일하는
공기청정기

없으면 안되는
필수품

벚꽃 외 2편

김소정

벚꽃이 떨어진다

천천히 살살 떨어지는데
눈 같아

벚꽃이 흔들리는 모습은
나비 같아

벚꽃은 하늘에 떠있는
하얀색 구름과 같아

벚꽃은 여러 가지 사물과
닮았네

• 중 1

찐빵

나는 좋아
우리가 맛있게 먹는
찐빵

나는 좋아
우리 집에서 기르는
고양이 찐빵이

나는 좋아
하얀색에 구름 같은
따뜻한 찐빵

나는 좋아
눈처럼 하얗고
재미있게 해주는 찐빵이

사계절

봄 여름 가을 겨울은
매번 다시 돌아와

봄에는 벚꽃이 피고
가족끼리 소풍 가고

여름엔 더워서
아이스크림을 먹고

가을엔 단풍잎이
예쁘게 피지

겨울은 눈이
소복소복 쌓이네

모든 것 ^{외 8편}

이연수

모든 게 멈춰 있다.
북적북적 가득 차 있던 도시가
싸늘하게 멈춰 있다.
사람들은 밖을 내다보고 있다.

모든 게 어둡다.
언제나 빛이 나던 가게가
차갑게 식어 있다.
그 빛은 이제 보기 어렵다.

모든 게 사라졌다.
당연하게 생각했던
모든 게 사라졌다.

• 중 1

거짓말

새까만 거짓말
없는 거짓말

새빨간 거짓말
나쁜 거짓말

하얀 거짓말
착한 거짓말

이것도 저것도
다 거짓말

그러고 보니

다시는 만날 수 없다는 듯
서로에게 여러 가지 감정을 담아 그리기도 쓰기도 한다

우리 모두를 그린 그림을 꺼낸다
서윤이는 쉬는 시간마다 그림을 그렸다
한명, 한명 정성스럽게 그린 티가 난다

연지가 우리 모두에게 편지를 줬다
한명, 한명 내용이 다르다
생각해보니 연지는 학교가 끝나도 놀지 않고 집에 갔다

시후는 우리 모두에게 들릴 듯 소리를 지른다
시후는 오늘 무엇을 고민한 것 같았다
한명, 한명 울음을 터트린다

그러고 보니 모두 같은 마음이었다

단짝친구

내 단짝친구는 작은 키가 귀엽다
또래보다 작은 내 친구는
달리기도 느리다
난 내 단짝이 정말 자랑스럽다

내 단짝친구는 그림을 많이 그린다
또래보다 잘 그리는 내 친구는
글도 잘 쓴다
난 내 단짝이 정말 좋다

누가 뭐래도 내 단짝친구는 다윤이다

눈이 내려오면

눈이 내려오면
아이들은 쫄래쫄래 옵니다
눈을 굴리고 굴려서
예쁜 눈사람을 만들며 웃습니다

완성!
아이들이 환하게 웃고 있습니다
절로 기분이 좋아지는군요

눈이 내려오면
아이들은 웃으며 눈싸움을 합니다
하나 둘 눈사람에 흥미는 저버린듯 합니다

완성!
눈사람은 웃고 있습니다
저도 절로 웃음이 납니다

눈이 내려오면
눈사람은 환하게 웃습니다
아이들도 환하게 웃습니다

어서 또 눈이 내려오면 좋겠습니다

시간

시간은 정말 신기하다
지루하면 느리게 흘러가는 것 같다

시간은 정말 신기하다
즐거울 때는 더 빠르게 흘러가는 것 같다

시간은 정말 신기하다
만져지지도
보이지도 않는다

그저 느껴질 뿐이다

아쉬움

봄에는 분홍꽃이 핍니다
이런, 어디 갔죠?
아쉽군요

여름에는 푸른 바다가 보입니다
이런, 어디 갔죠?
아쉽군요

가을에는 빨강, 노랑나무가 자랍니다
이런, 어디 갔죠?
아쉽군요

다음 봄에는 ...
이런, 없어졌군요

옷

검정, 빨강, 보라.
다양한 옷들

뭐가 제일 예쁘려나
천천히 둘러보는, 옷들

많은 옷 중에서
입을 옷은 없더라

하나하나 예쁜 내 아가들
하나씩 다 입고 나가고 싶다

표정

제일 멋진 표정을 짓는다
제일 멋진 표정을 짓는 나는
제일 멋지다

제일 멋진 표정을 짓는다
제일 멋진 표정을 본 너도
나와 같이 제일 멋진 표정을 짓는다

너와 난 제일 멋진 표정을 짓는다

강아지

김민건

귀여운 강아지
털이 보슬보슬한 강아지

주인이 오면
반겨주는 강아지

배를 만져 주면
웃는 강아지

같이 놀아주면
하하 웃는 강아지

강아지가 천사 같다

• 중 1

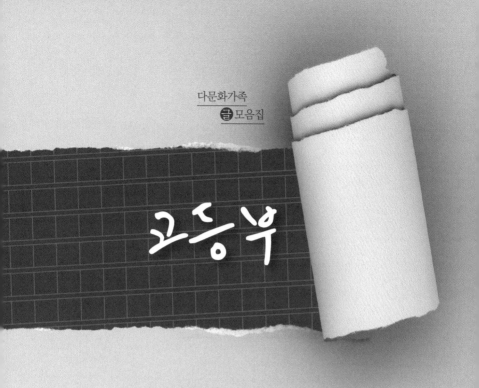

다문화가족
글모음집

고등부

김태윤 경슬기 고가림 임수현 김소연 김연아 송연주 김소정 고명기

y=a×2 ^{외 1편}

김태윤

그래프를 다 그렸다
시작과 끝 두 점
그 과정이 포물선으로 남았다

이제 우리는 같은 축에서
다른 곳으로 나아간다

앞으로 우리의 입 모양은
a〉0 이기를

• 고 2

학교

학교에 가야할까
학교에 가야하나
학교에 가야지

잠 자지말자
잠 자야할까
잠 자야겠지
잠 자자

집에 가야할까
아니 그냥 가자

학교에

지각 _{외 1편}

경슬기

누나! 일어나! 늦었어!
망치에 맞은 듯했다
8시 30분
아, 망했다

뚜루뚜루 딸칵
전화 너머로 들려오는
호랑이 같은 목소리
아, 망했다

헉.. 헉..
치타처럼
학교에 도착하니
9시 20분
아, 망했다

• 고 2

김감자, 너

야!
감자가 말을 한다
목소리가 커
귀가 가끔 아프다

흑흑흑
감자가 운다
감수성이 풍부해
울음이 많다

하하하
갑자기 웃는다
소리가 정말 호탕하다

ABCD
감자가 영어를 한다
영어를 잘 해
맨날 물어보게 된다

그리고 감자
정말 예쁘다

다이어트는 내일부터 ^{외 1편}

고가림

오늘부터 다이어트해야 하는데
오늘따라 먹고 싶은 음식이 많다

오늘부터 다이어트 해야 했는데
오늘따라 맛있는 음식이 많다

결국 유혹을 견디지 못하고 빠져들면서
체중계 속 거대한 숫자에 또 다짐한다

아~
진짜 내일부터 다이어트 해야지

• 고 2

벚꽃

1년 만에 널 보았다
봄이 되어 널 보았다
기다리고 기다리던 널 보았다

오랜만에 보는 너인지라
한껏 기대감에 부풀어
정성스레 예쁘게 꾸미고 널 보았다

이번엔 꼭 널 잡아야지
수십 번 수백 번 다짐한다

그러나 넌
1년 만에 다시 만난 넌
봄이 되어 다시 만난 넌

또다시
매정하게 나에게 잡혀주지 않았고
그렇게 나를 피해 멀어져 갔다

눈 외 1편

임수현

아이스크림처럼 차갑다
그래도 너를 매년 기다린다

마시멜로처럼 하얗고
마카롱처럼 이쁘다
그래서 너를 매년 기다린다

항상 기다린다

_____

• 고 2

제주도

제주도는
좁다

작은 상자처럼
좁다

인사를 하기도 안 하기도
애매한 관계들

마주쳐도 인사도 못하는
내 마음도
좁다

제주도처럼

달 외 1편

김소연

너의 숨결이
나의 물결을 만들고

너의 빛이
나의 어둠을 걷어낸다

네가 없는 밤은
너무 고요할 것 같은데

네가 있어야
내 밤이 찬란할 텐데

다가가지 못하는 건
나의 망설임 때문인가
오늘 밤이 유난히 짧아서인가

• 고 2

겨울바람

초인종을 누르며 겨울을 알리는
무섭게 부는 바람

차가운 겉모습의 너
소중한 사람들과 함께라면
따뜻해질 너

나를 부르는 엄마 목소리
친구들과 꽉 잡은 손
다정한 사람들과 함께라면
두렵지 않아

차가운 너도
따뜻한 추억이 있겠지

돈

김연아

오늘도 내일도 쓰는
종이 한 장
두 장이 세 장
세 장이 백 장

백 장이 만 장
만 장이 십만 장

이렇게 써가며 얻는 게 있어도
잃어가는 것도 있는 법
지금 내 주변에는 아무도 없다
나 때문이다
한 장으로 돌아가길

• 고 3

벚꽃

송연주

벚꽃은 낙엽이다
벚꽃은 낙엽처럼 떨어진다

바람이 불면 날아가고
날아가면 쉽게 잡히지 않는다

벚꽃은 사람이다
벚꽃은 사람처럼 사라진다

때가 되면 없어지고
없어지면 자꾸 보고 싶고
떠오르게 된다

• 고 1

4월의 별 외 2편

김소정

4월, 바닷빛 바람이 부는 칠흑의 하늘
당신과 내가 봄 안에 앉아있습니다

하늘의 별을 따서 당신께 드리고 싶었습니다
그러나 당신은 괜찮다고 하였습니다
왜냐 물었더니 내가 하늘의 별이라 하였습니다

해와 달이 번갈아 가길 수백, 수만 번

당신이 칠흑을 밝히는 별이 되었습니다
당신의 빛은 얼마나 밝고 아름다운지

내 빛은 당신께 닿지 않았지만
당신의 빛은 내게 닿았습니다

4월, 마치 그날처럼
당신과 내가 봄 안에 같이 있나 봅니다

• 고 2

등대

컴컴하고 어두운 밤
길 잃은 배 하나
아무것도 보이지 않고

어디가 어딘지 모르고
헤매고 헤매다 보이는 건

우뚝 서 있는 거인
어두운 밤 속에서

우리를 따스한 눈빛으로
반겨주는 고마운 존재

언제나 홀로 선 채 거인은
어두운 밤 속을 바라보네

별무리

별 하나와 하나를 이어 우연
별 한 줄과 한 줄을 이어 인연
별 무리와 무리를 이어 필연

작고 작은 별들이 모이고 이어서
하나의 커다란 밤하늘을 그리고
하나의 커다란 세상을 그리고

우리는 커다란 스케치북으로
어느새 꿈을 그려넣었네

네잎클로버

고명기

찾기 힘든
네잎클로버
행운을 가져다주는 잎

네잎클로버를 찾으면
나에게 어떤 행운이
찾아오는지
참 궁금하다

• 고 1

다문화가족
글모음집

재학·성인부

김은주　강문민　강승환　이은솔　김정희　옥나리　나카츠루 미사코
오이카와 마유미　박향춘　박지은　김경진　김선화　왕위연　강차이원
왕미아오　나카무라 유카리　나카오 유코　하시구찌 가스미　아베 테루요
이노우에 가즈요　이효정　Genesis Tirumani　강봉제　이화영　박말례
최성철　문대홍　오가사와라 후미코　쑨뤄난　성창홍　요정　류포핑
이홍진　솜시누온　이정아　이유준　조정아　노티현　카드카테누카　구룽
이지선　라와티 바샨티　혼다 테츠로　이회남　닌 유키에　문대훈　김창택
홍임숙　임상언　양정인　김영창　고승암　이용화　전진우　임정민

친구

김은주

차가운 내 마음을
봄같이 따뜻하게 녹여주는
봄 같은 내 친구

언제나 밝은 웃음으로
나를 기쁘게 해주는
봄 같은 내 친구

나도 너처럼
봄 같은 친구가 되어
네가 힘들 때마다
옆에 있어 도와줄게

• 대 1

주말

강문민

엄마랑 같이 먹는 밥
엄마랑 같이 가는 카페
엄마와 함께 할 수 있는 주말

일상이지만 소중한
소소하지만 행복한 하루

• 대 1

바람을 기다려 왔었다고

강승환

바람을 기다려 왔었다고
하얀 민들레 꽃씨는 날아
설레는 마음에 날개를 피우며
풀밭을 가르는 첫 도움닫기
빗방울에 적셔지는 하늘하늘함
모든 이끌림은 사랑스런 순간이었고
봄날의 청춘은 다른 아림을 말한다
떠나던 날
그치던 날
난 두근거리던 심장을 기억해낸다
아무래도 좋을 날씨에
노란 꽃잎 아니어도
너를 안아줄 수 있었음에
우리 이 기나긴 밤을 추억하기로 해

• 대 4

시 외 1편

이은솔

써야 하는데
쓰고 나서 보면
민망해지는 시

신중하게 써야 하는데
그렇지 않으면
민망해지는 시

써야 하는데
시작하려면
막막하게 하는 시

휴~
시를 써야한다

• 한국

마지막 시험

중학교 생활
마지막 기말고사
마지막 시험날
마지막 시험기간
이제 다 끝났구나
하고 느껴지는 공허감

마지막 문제
마지막 풀이
마지막 마킹
정말 다 끝났구나
하고 느껴지는 쓸쓸함

마지막 확인
마지막 5분
마지막 종소리
진짜 다 끝났다 * ∧∧ *
하며 느껴진 행복

국제가정문화원 외 4편

김정희

국제가정문화원
생각만 해도 마음이 따뜻해지는 곳

국제가정문화원
친정과도 같은 곳

국제가정문화원
사랑이 넘치는 곳

국제가정문화원
아이들의 웃음꽃이 피는 곳

국제가정문화원
우리 이주여성들의 영원한 친정

• 중국

눈보라

밤새 내린 하얀 눈
그칠 줄 모르고 내리는 눈
강한 바람에 휘날리는 눈보라
걷기도 힘들 정도로
날아갈 것 같은 눈보라

온 세상이 하얀 이불을 덮은 듯
온 세상이 꽁꽁 얼어붙은 듯
사람의 마음도 꽁꽁 얼어붙은 것 같다

도로에 쌓인 눈 때문에
자가용을 놔두고
버스를 타는 사람들
탄소가스 줄이는데 도움이 될까

눈보라 자주 치면
미세먼지는 다 날아갈까
우리 주변 환경이 좋아질까
기대해 본다

강사가 되던 날

잠을 이루지 못한 밤
걱정 반 설렘 반
잘 할 수 있다는
 생각했다

동료강사님들 따라
보조강사로 많이 다녔다
강의하는 모습을 보면서
많은 것을 배웠다

강의 준비를 많이 했다
아이들의 초롱초롱한 눈빛
저요 저요 번쩍 드는 손
집중하는 모습이 귀엽다

아이들 덕분에
실수는 조금 했지만
무사히 잘 끝냈다
정말 고맙다

더 열심히 준비해서
더 좋은 모습을 보여줄게
애들아 고맙고 사랑해

대학

기다리고 기다리던
통지서가 도착했다
떨리는 손으로
봉투에 넣었다

드디어 대학캠퍼스에서
꿈을 펼치게 됐다
늦은 나이에
대학생이 됐다

개학했지만
코로나로 인해
학교 근처도 못갔다
매일 레포트만 제출했다

코로나 덕분에
레포트용으로
컴퓨터를 잘 다룰 수 있었다
그나마 위안이 된다

기말고사 치던 날
처음으로 학우들을 만났다
첫 만남이라 모두 서먹서먹했다

나만 나이가 많다고
생각하고 있었는데
20대에서 70대까지 있었다
깜짝 놀랐다

열심히 하시는 모습
내가 꼭 배워야 할 점
열심히 해야겠다는 생각을 했다

사회복지학과라서 그런가
서로 배려하는 모습
그렇게 실천해야지
다짐을 하게 된다

나의 보물들

우리 집에는 보물이 있다
1호 보물이랑 2호 보물이 있다

1호 보물은 눈빛으로도 통한다
2호 보물은 애교가 많다

1호 보물은 엄마를 많이 도와준다
2호 보물은 막내티를 팍팍 낸다

1호 보물과 2호 보물은
사이가 좋다가도 원수가 된다

1호 보물과 2호 보물은
내게 없어서는 안되는 존재다

하늘만큼 땅만큼 사랑하는
1호와 2호 보물

자장가 외 4편

옥나리

TV를 너무 사랑하여
어느새 자장가가 되어 버린 소리

잠자는가 싶어 스위치를 누르면
보고 있는데 왜 끄냐고
소리치는 우리 영감

분명히 쿨쿨 코 골았는데 안잔다 하네
시끄러워 잠 못 자던 나도
TV소리 어느새 자장가되어 버렸네

• 캄보디아

밤하늘

밤 10시 학교 수업 끝나고
바라보는 밤하늘

달님과 별님이 싱글벙글 웃는다.
아~ 까만 고향 밤하늘이 그립다.

저녁이 되면 달과 별들이 하나둘씩
어느새 하늘에 꽉 찬 별들

하늘에 마치 천사들이 춤추는 듯이
반짝반짝 빛난다.

가로등 없어도 빛나는 나의 시골
고향이 그립다.

남편의 노래

집에 들어오자마자
노래를 하는 남편
애들 밥 먹였어
TV 그만 좀 봐
공부 좀 해
책 읽어

아~ 듣기 싫은 그 노래를 또 시작한다
끝났나 싶어 안심을 하면
또 들려오는 그 소리

화장실 뚜껑 올리고 하라고 했잖아
양치질을 여기서 하지 말라고 했지

어느새 익숙한 잔소리
오늘도 노래를 부르는 남편
말을 많이 해서
천년 만년 건강하게 살리라

엄마보다 훌쩍

엄마보다 어느새 훌쩍 커버린 아들

아장아장 걸어
엄마 곁에 다가오는
그 발걸음

엄마, 엄마 웃으며 불러 주었던 그 소리
웃을 때 텅 빈 이빨 빠진 그 얼굴

하나하나가 그립다
이제는 손도 발도 훌쩍 커버린
사랑하는 내 아들

생각이 난다

생각이 난다
한국 땅 처음 밟았을 때

생각이 난다
처음 한국 음식 먹을 때

생각이 난다
처음 한국말 배울 때

모든 게 낯설고 두려웠지만
내가 밟은 아름다운 이 땅

내가 먹은 그 맛있던 음식
내가 배웠던 그 말

새로운 인생을 시작할 수 있었던 이곳
너무 감사하다

우리 동생 외 1편

나카츠루 미사코

가만히 있으면 무섭고
웃으면서 다가오면 귀여운데

조용하게 앉아 있다가
말 없이 사라져버리는 우리 동생

말이 없어
날마다 다른 사람 같다

문자해도 한참 있다가 답이 오고
전화해도 안 받아

혼자 삐졌다가 금방 신나는
감정이 바쁜 우리 동생

쓸때 없는 걱정과
생각이 많아서 피곤할 거야

난 답답하기도 하고
이해하기가 어려워

그냥 그대로 있어줘
이해 못하는 언니가 미안해

우리 동생 사랑해

• 일본

냄새

아들에게 엄마의 어디가 좋냐고 물어봤다
'냄새'라고 말했다
내 옷의 냄새를 맡아 보니 땀 냄새였다

딸에게 엄마의 어디가 좋냐고 물어봤다
'냄새'라고 말했다
내 옷의 냄새를 맡아 보니 튀김 냄새였다

생활의 냄새가 나는 엄마가 그렇게 좋다니
이해가 어려웠다

나도 좋아하는 냄새가 하나 있다

달이 뜨는 밤에

오이카와 마유미

하루가 지나고
바깥은 달빛
"오늘도 수고했어요."
달님이 얼굴을 내밀었다

평범한 일상에도
지치고 힘든 날에도
이렇게 나의 마음을
위로 해주는 시간

태양처럼 세상을 밝게
비춰주는 것은 아니지만
고요한 밤에 감사하며
오늘도 잘 자요
좋은 꿈꿔요

• 일본

그리운 아들

박향춘

보고 싶은 우리 아들 잘 있느냐?
군 생활은 잘 적응하고 있는지

어디 아픈 데는 없는지
엄마는 우리 아들 군 생활이 걱정되고
많이 궁금하구나!

지난밤 꿈속에 나타난 아들이
너무 힘들어서 종일 신경이 쓰인다.

절에 가서 촛불 켜고 108배
올리고 나니 마음이 편해진다

사랑하는 아들 부디 건강하게
잘 견뎌주길 바란다

• 중국

가족

박지은

웃으면 눈이 안 보이는 착한 서방님

공부 잘하는 예쁜 딸 연주

뚝딱 멋지게 작품을 잘 만드는 유진

가족들의 웃음소리에

지친 어깨는 힘이 넘친다

오늘도 멋지게 살아보자

• 베트남

쉬이~살고파 ^{외 3편}

김경진

의식의 흐름에 따라
감정의 흐름에 따라

바람 따라
대금소리 따라

하고픈 대로
그렇게 쉬이~살고파

• 한국

젓대 소릿결

대나무에 뚫린 구멍으로
따뜻한 입김을 불어넣으면
나오는 소릿결

마음이 고스란히 담긴 소릿결은
내가 알기에..
누군가가 알면
속살을 보이듯해 부끄럽도다

입김이 공기와 만나
따뜻해진 젓대 끝에서 뚝뚝 떨어지면
눈물이 흐르는 것 같구나

눈에 보이지 않고..
유형으로 남지 않기에
끌리는 젓대 소릿결

받아봐야 나눌 수 있나니

한겨울에도
높다란 감나무 꼭대기에 매달린 감
새들의 귀한 먹이가 되는 그곳!!

따뜻한 날, 그곳에 드니
붉은 장미꽃이 피었고
작은 텃밭에 먹거리가 다양하구나.

장미꽃을 꺾어주랴?
텃밭에 나는 먹거리를 혼자 먹기에 많으니
좀 가져가라고 하신다.

아이고~
괜찮다며 손을 휘이~

받아봐야 나눌 수 있다는..

뜨끔함을 맛본 후
텃밭에서 정성껏 키우신 먹거리와
고로쇠 한 병을 받고 내려왔다.

여러 해가 지났건만
무언가를 받아봐야 나눌 수 있다는
큰 울림이 삶 속에서 떠나지 않는구나.

시절 인연

새들의 지저귐에 아침을 맞이하며
보지 않아도 날씨를 가늠하고

일이 있으면
농장에서 땀 흘려 일해
돈을 벌어 좋고

일이 없으면
호젓하게 젓대 불며
흠뻑 취할 수 있어서 좋나니

지는 해를 바라보는 느긋함이란
이외에 무엇을 더 바라는 건
사치이니

쉬이 살고 있는 시절 인연에
감사하다

그날 외 4편

김선화

작은 씨앗 하나

꽃되어 안기던 그날

스물 한 개의 촛불 모아

이듬해에 별이 되고 달이 되려니

야속한 시간일랑 손목에 묶고

야속한 운명일랑 발목에 엮어

눈 소복이 쌓인 정월 초닷새

아직 얼어 있는 시간 떠나간 그날

• 한국

살아서

새벽을 깨우는 사람아

넌 나의 대답을 들으려

외친 게 아니다

다만 네가 살아있어서

다만 내가 살아있어서

너는 외쳤고

나는 들었을 뿐이다

시간이 왔다

시간이 왔다
침묵의 시간

경건의 시간
진중한 시간

생의 쉼터 속
쉬어갈 시간

이제 질곡의 시간은 가고
내게 온유만이 흐르리

절반의 정점
침묵하여라 또 고요하여라

죽공예

너 사람인 듯 형상하여
내 곁에 누웠건만

나 인형인 듯 가장하여
숨소리마저 죽였다

내 곁엔 죽돌이
네 곁엔 죽순이

낮이면 사람되어 호흡하지만
밤이면 공예되어 본연의 모습

사람이길 갈망하는 허수아비들

휴지

혀를 길게 내밀고
누굴 약 올리는 게냐

오로지 보이는 건
내 빼문 혓바닥뿐

그러다 그 혓바닥
동강 끊어지면

약 올리려다
네가 죽는다

한국문화

왕위연

한국의 미식문화
한국의 음식은
소주를 포함한다

한국은 예절을
중시하는
나라이다

윗사람
친척
심지어 모르는
사람이라도
허리를 굽히고
인사한다

한국은 한반도의
남쪽에 위치한 나라

100,364㎢
총인구 5,200만명

배운 것을 간단하게
요약한 것이고
현재도 열심히 공부 중이다
대한민국 사랑한다

• 중국

나의 일상

강차이원

아침에 눈을 뜨면
아이들도 눈을 뜬다
하루의 일상도
시작된다

제일 먼저
아이들은 말없이
스스로 씻는다
밥을 맛있게
먹는다

아이들은 스스로
옷을 입는다
어린이집 갈 준비가
다됐다

엄마와 손잡고

즐겁게 어린이집에 간다

오늘도 어린이집에서

즐겁게 지낼거다

• 중국

제주도

왕미아오

제2고향 제주도
내가 살고 있는 유수암
한라산에서 흐르는 물이 모인 유수암

주렁주렁 열린 탐스러운 밀감
맛도 좋고 영양도 좋은 밀감
내가 제일 좋아하는 밀감

나무에 황금빛으로 물든 단감
보기만 해도 군침이 흐르는 단감
자꾸 생각나는 달콤한 단감

공기도 좋고
바다도 아름다운 제주도
제2고향이 너무 좋다

• 중국

대답이 없는 너

나카무라 유카리

불러도 물어도
대답이 없다

어떤 날은 부르지 않아도
다가와서 몸을 비비며
애교를 부리는
알 수 없는 너

오늘도 불러본다
가끔은 대답도 해주는
사랑스러운 귀여운 녀석

그의 이름은 고양이

• 일본

해안도로의 풍경

나카오 유코

파란 하늘 푸른 바다
검은 바위 연두색 풀들

다 좋은데
관광객들이 많은 것을 보면
좀 귀찮은 느낌이 들었다

그런데 제주도 노래를 들으면서 달리니까
내 마음이 변했다

길을 가는 관광객도
렌트카도
바다도 풀도 도로도 집도
다 반짝반짝해 보였다

신기하네

노래 하나로 우리도 관광객처럼

제주를 여행하는 것 같은 느낌이 들었다

오후의 햇살이 비추는 풍경은

아련한 감정도 느끼게 하고

외지 사람의 눈으로 보면

제주는 이렇게 좋은 건가

• 일본

코로나 19 ^{외 3편}

하시구찌 가스미

갑자기 혜성처럼 나타나서
우리 곁에 와 있다

우리의 일상을 무너뜨리고
새로운 세상이 만들어졌다

지구는 숨 쉬고
나도 숨을 쉰다

잘 해주지 못했던 것
보지 못했던 소중한 것들

아픈 사람 없이
우리 마음의 수리가 끝나면
조용히 소멸되길 바란다

• 일본

코로나 19

처음부터 한 몸이었다
질시하고 증오하니
등을 돌려
사지로 몰아넣었다

불러도 봤다
울어도 봤다

소중한 모든 것을 앗아갔다
세상은 온통 핏빛이었다

보듬고 감싸주니
슬며시 우리 곁을 떠나갔다

언젠가 또 오겠다며
손짓까지 한다

아!
천지에 대한 겸허
다시 생각하게 한다

영술 아방

못났다.

모라리오름에서 벌건 대낮에 죽었다.

쇠테우리가 알려줘서 염장도 치렀다.

영술 하르방은 4.3사건 때 토벌대장으로 폭도들을 끌고와

공민학교에서 공개 처형했다.

영술 아방도 겨우 아홉에 죽장으로 폭도의 심장을 뚫었다.

그것이 나라와 가족의 살 길이라 생각했다.

스물에 배릿네처녀와 혼인해서 아들 다섯

딸 하나 낳고 농사를 지으면서

마흔에 어느 여름날 소 팔러 나갔다가 모라리오름으로 향했다.

그 물보다 진한 피가

세월이 흘러

장가 갈 즈음 영술은 모라리오름으로 가서 돌아오지 않았고

3년 후 동생도 바나나 하우스 짓다가 돌아오지 않았다.

공부 벌레인 둘째는 전라도에서 지리선생으로 있다가 돌아오지 않았다.

1988년 8월 17일

남아있는 것은 누나, 막둥이, 막둥이 위 형, 어멍.

집터가 센가 해서 이사하면서 외양간을 허물던 날

영술 아방 죽창이 묻혀 있었다.

하늘이 까매지면서

영술 아방 가슴에 담아두었던 슬픔이 하늘도,

 누나, 동생, 막둥이

머리에 쓰시던 수건을 꺼내든 영술 어멍도 하염없이 울었다.

지금,

그 자리는 미깡나무로 해마다 풍성하게 귤이 달린다.

하늘래기

시어멍 바당가서
보말 잡다가
오른손 골목되었네

며칠을 아파서
눈물짓다가
하늘래기 뿌리
처메인 조타허영

맡울차리에 뻗어 나을
줄기따라 땅속 깊이

시어멍 손아귀같은
얽이섞이 두툼한
하늘래기 뿌리

시어멍 손목에 넣으면서
내 눈가에 눈물짓고
하늘래기도 눈물졌네

좋아 ^{외 3편}

아베 테루요

나는 봄이 좋아

당신이 좋아하시는
시절이니까

나는 여름도 가을도 겨울도
좋아 좋아 좋아

당신이 참사랑으로
만들어 주신 것이니까

• 일본

달래야

달래야 달래야
어디에 있니?

달래야 달래야
봄의 향기

달래야 달래야
보고 싶다.

힘

비 · 비 · 비 · 비 비행기
비 · 비 · 비 · 비 비행기

제주와 육지를 왔다갔다

비 · 비 · 비 · 비 비행기
힘을 주고받는 비행기

우리는 다리도 만들자^^!

나무

나무는 서 있기만 하는데
예쁘더라
나무는 서 있기만 하는데
멋있더라
나무는 서 있기만 하는데
평화를 주더라

그 날

이노우에 가즈요

"아들! 40일 남았네?"
아무렇지도 않은 척하며 말한다.
서로 장난치면서 생각해본다.
그날
나는 어떤 모습으로 아들을 보내고 있을까?
생각만 해도 눈물 날 것 같다.

아프지 말아야 될 텐데
잘 지내야 될 텐데
건강하게
씩씩하게
더 어른이 되어 돌아오게 해달라고
간절히 기도한다.

"아들! 한 달 남았네?!"
그날...

• 일본

아이들

이효정

아이들에게서는
빛이 난다.

아이들의 웃음에는
햇살이 있고
아이들의 범벅된 눈물조차도
빛으로 영근다.

멈추지 않는 재잘거림은
숲속 새들의
지저귐보다도
찬란하다.

아이들의 작은 눈망울에는
깊은 산 속 옹달샘보다
더 맑은
샘물이 있고

아이들의 작은 손은
내 앞을 가린
안개를 걷어내며
가슴 따뜻한
우산이 되어준다.

내 품의 아이들에게
내가 스며들고 있음이다.

• 한국

봄이 되면 그리운 그녀

Genesis Tirumani

단발머리 그녀의 미소는 분홍빛 봄 햇살 같습니다.
초록빛 산들바람이 그녀의 벗이 되었습니다.
푸르른 공기는 그녀의 미소에 입 맞춥니다.
연두빛 치마를 입은 그녀의 걸음은 화창한 봄날 같았습니다.
하아얀 가방을 어깨에 둘러멘 단발머리 그녀는
잠시 뒤돌아 나에게 청아한 미소를 짓습니다.

분홍빛 봄 햇살은 단발머리 그녀의 미소를 기억하게 합니다.
초록빛 산들바람이 나의 기억의 벗이 되었습니다.
푸르른 공기는 나의 그리움에 입 맞춥니다.
화창한 봄날 같은 그녀의 걸음은 벚꽃의 흩날림 같았습니다.
하아얀 자켓을 입은 단발머리 그녀는
잠시 뒤돌아 나에게 청아한 미소로 인사합니다.

분홍빛 봄 햇살은 단발머리 그녀의 미소를 그립게 합니다.
초록빛 산들바람이 나의 그리움의 벗이 되었습니다.
푸르른 공기는 나의 간절한 그리움에 입 맞춥니다.

화창한 봄날 같은 그녀의 걸음은 멀어지는 그리움 같았습니다.
하아얀 가방을 어깨에 둘러멘 단발머리 그녀는
잠시 뒤돌아 나에게 마지막 미소로 사랑을 전합니다.

다시 봄이 왔습니다.
봄이 올 때마다 나는 그녀가 너무너무 그립습니다.
봄이 올 때마다 나의 눈에는 그리움의 비가 내립니다.
봄이 올 때마다 나의 가슴속에 그리움이 홍수가 됩니다.

- 나는 2012년 4월 6일 새벽에 단발머리 소녀의 꿈을 꾸었다. 그런데 그날 아침 어머니가 돌아가셨다는 전화를 받았다. 나는 곧 인도 델리에서 임신 6개월의 몸으로 제주에 왔다. 제주에 도착한 날 햇볕은 화창했고, 산들바람에 집 앞에는 벚꽃들이 흩날리고 있었다.

• 인도

반려자

강봉제

혹자는 키가 작다고
혹자는 직업이 안 좋다고
혹자는 성격이 안 맞는다고
그렇게 30대 젊은 총각은
마음의 상처만을 받았습니다.

그러나 짚신에도 짝이 있다고
어느 날 마음씨 착하고 고운
새색시를 만나게 되었죠.
그런 날이 올 줄은 꿈에도 몰랐습니다.
나에게 반려자가 생길줄이야

그리고 6년이 흘렀습니다.
토끼 같은 자식이 둘이나 생겨서
어엿한 처자식이 있는 가장이 되었습니다.
매일 육아일로 어려움을 토하는
행복한 고민거리를 선물로 받고 있습니다.

색시야!
항상 고맙고 지금은 힘들지만
다가오는 내일은 더 나아질거라 생각하고
우리 항상 행복한 고민거리라 생각하고
백발이 되도록 잘 살아보자.

• 한국

유정이 꽃이 피었습니다.

이화영

하얀 목련꽃이 활짝
엄마는 아기를 기다려
개나리 진달래 벚꽃이
흐드러지게 핀 날
아기가 태어났다
봄바람 타고 살랑~
엄마 품에 유정이 꽃 피었네
엄마 얼굴에 웃음꽃 피었네

• 한국

봄의 노래

박말례

사랑의 기쁨이 충만한 아젤리아 동산
고귀한 목련이 하얀 손수건 흩날리고
영원히 새로운 무궁화가 반겨주는 곳
희망의 노란 개나리 길 따라 만개하고
새초롬한 수선화 고결한 얼굴로 핍니다.

• 아젤리아 : 사랑의 기쁨
• 목련 : 고귀함
• 무궁화 : 영원히 피고 또 피어서 지지 않는 꽃
• 개나리 : 희망 기대 깊은 정 달성
• 수선화 : 고결, 신비

• 한국

기도

최성철

기도하기 전에
기도가 진실한 것인가

자신에게 물어봐라
그렇지 않으면 기도하지 마라

습관적인 기도 참되지
못하기 때문이다

• 한국

가족

문대홍

내 마음 깊은 곳에
공허와 허무만이 가득했는데

무엇으로도 채워지지 않고
더 큰 어둠 속으로 빠지는데

인생의 벗을 만나
참된 삶의 의미를 되새겨본다

• 한국

빗방울

오가사와라 후미코

톡 톡 톡 빗방울

하늘에서 땅에 떨어지면
축제가 열린다
좋아서 춤을 추며
노래한다

톡 톡 톡 빗방울

기뻐서 만든 모양은
동그라미

톡 톡 톡 빗방울

하늘과 땅이
서로 만나
둘이 만든 모양은

동그라미

자연 속에 모든 비밀이
숨어있다
행복의 모양
동그라미

• 일본

귀여운 내 아들

쑨뤄난

봄이 왔어요
봄풀들이
고개를 내밀었다
봄바람에 파랗게
물든 풀들

귀여운 내 아들은
호기심에 풀들을
염탐하고 있다
기묘한 세계를
탐험하고 있다

귀여운 내 아들
사랑한다

• 중국

운동

성창홍

대문에서 출발하여
5km 달리는 동안
걷다가 뛰다가
문뜩 떠오르는
내 가족들

가족의 건강과 행복을
바라면서
도착한 곳
귀일중학교 운동장

긴 호흡을 하고
잠시 자기성취를
이루었다고 생각하면서

다시 집으로
신나게 달려간다

• 한국

소중한 내 가족

요정

결혼한지 3년
집에서 아무것도 할 줄
모르던 나

시집와서 하나하나
모두 배워야 하는
외며느리가 됐다

하나하나 배우는
재미가 있고
칭찬들을 때마다
기분이 좋다

힘들지만 새로운
가족들이 생겨서
기분이 너무 좋다

서로서로 이해 해주는

진짜 가족이

될 것이다

나중에도 열심히 살고

건강하게 행복하게

살 것이다

• 중국

제주도

류포핑

햇볕이 찬란한
아름다운 제주도

푸른 바다
푸른 하늘

햇볕이 들고
바람이 부드러운

매혹적인 경치
심호흡을 할 수 있는 제주도

바람에 은은하게 나는 풀 향기
모든 세포를 촉촉하게 적신다

• 중국

낚시

이홍진

낚싯대가 있고
낚싯줄도 있다

의자도 있고
물통도 있다

물고기 한 마리를
잡고 싶다

누군가 물고기를 이쪽으로
헤엄쳐 오게 해주라

• 중국

화창한 봄날

솜시누온

화창한 봄날
벚꽃이 활짝 피어
내 마음의 꽃도
활짝 피었습니다

유채꽃이 노랗게 피었습니다
유채꽃 보며 제 마음도
온 세상이 노랗게 보입니다

봄날에 꽃을 보면
마음이 설레고
너무 행복합니다

• 캄보디아

시어머니

이정아

시어머니 항상 한국요리를 많이 해요

자식들 위해서 송아지 키우고

빨래도 하시고 청소도 해요

쉬는 날 하나도 없어요

힘들게 돈 벌어 저에게 화장품을 사주셨어요

한밤중에 아기 많이 울어요

시어머니께서 돌봐주세요

어머니 고맙습니다

어머니 사랑합니다

• 베트남

신혼일기

이유준

누군가에게는 아무렇지도 않은
또는 그런가 하며 지나버리는 작은 기적이 있습니다

장인어른의 간병에도 항상 밝은 모습을 보이며
누구보다 아이를 좋아하던 아내에게
아이를 가질 수 없을 것 같다는 의사의 말

아내는 매일 마음 아파하면서도 말하지 못했다

그런 아내를 달래고 어루며 다시 한국에서 많은 검사와 진료에도
희망을 가지자 노력했고, 다행히 아이를 가질 수 있을 것 같다는
의사의 말에 다시 아내의 얼굴에서 미소를 볼 수 있었네요

하지만 결혼 3년이 되어 가도록 아이가 생기지 않았고
병원에서 여러 번의 시도에도
저희 부부에게는 힘든 시간만 계속되었다

그러다 저희에게 천사가 찾아와 너무나 기쁘고 행복했지만
그 시간은 잠시였고,
너무나도 허무하게 다시 가버렸다

아내는 자신의 잘못이라 아파했고
그런 아내를 안아주며
마음속으로 아파해야 했다

때로는 비웠을 때 채워진다고 했던가
우리는 마음을 비우고 천천히 가자고 마음먹었고
그렇게 조금씩 천천히 걸었는데

기적이 찾아왔네요

지금 20주된 우리 안안이
너무나 건강하게 엄마 뱃속에서 잘 자라주고 있구나

엄마는 너를 만난 그날 후로 매일 웃고
너를 만나는 날을 손꼽아 기다린단다

사랑하는 내 아가

아빠도 엄마도 늦은 나이에 초보지만
기적처럼 찾아온 너를 항상 사랑하고, 기다릴께

• 한국

시어머니

조정아

우리한테 관심 항상 가져주시는 어머님

허리 아프신 어머니

청소도 혼자 하시고

맛있는 요리도 하시고

칭찬만 하시는

사랑이 많으신 시어머니

항상 따뜻합니다

• 베트남

엄마와 딸

노티현

엄마는 외국사람이에요
우리 귀여운 딸 초등학교 3학년
학교에서 여러 가지 많이 공부해요
엄마가 딸 공부 도와주고 싶지만
한국어도 잘 모르고 수학 공부도 어려워요

아빠는 하루종일 일하고 피곤한데도
딸 공부 알려주어요
마음이 아파요
어떻게 도와줘야 할지 몰라서
엄마는 답답하고 속상해요

딸을 많이 사랑하는 만큼
엄마도 공부할게요

• 베트남

우리 남편

카드카테누카

우리 남편 운전 잘해요

남편보다 너무 큰 25톤 화물차

운전하는 모습 나는 무서워요

착한 남편 사고 없이

건강하기를 매일매일

기도해요

• 네팔

레드향

구릉

레드향 너무 좋아요

힘이 들지만 잘 팔려요

맛있어서 비싸요

수확은 적지만 너무 맛있어요

돈도 많이 받아요

그래서 힘든 거 잊어버려요

• 네팔

우리 딸

이지선

개구쟁이 우리 딸

강시유 개구쟁이

엄마에게 개구쟁이라고 불러요

이유를 모르겠어요

엄마가 힘들게 요리를 해주면

채아는 맛있게 냠냠냠

시유는 한 숟가락만 먹고 배부르다고 해요

잘 먹어야 씩씩한데

엄마 마음 안타까워요

뱃속에 있는 셋째 아이는 건강했으면 좋겠어요

• 네팔

코로나19

라와티 바샨티

코로나는 우리를 답답하게 해요
공부하러 못가요
친정엄마 한국에 오고 싶어요
코로나가 올 수 없게 했어요
장사하는 사람 일하는 사람
모두가 힘들고 고생해요

밖에 못가요
친구도 못 만나요
저의 소원 가족과 함께 여행가고 싶어요
코로나 빨리 없어지면 좋겠어요

• 네팔

보석상자와 열쇠

혼다 테츠로

부모님께 받은 소중한 선물
원석으로 보관된 보석상자

혼자서는 열수 없기에
보석상자의 주인은
천생연분 오로지 당신뿐

원석이 보관된 당신의 보석상자
오랜 시간 서로 소중히 간직한 열쇠는
당신의 원석을 보석으로 닦아주며

나의 원석을 닦아준 당신
지구의 반을 돌고 돌아
귀하게 만난 인연으로

소중함이 가득 담겨진
보석상자와 열쇠

• 일본

아이스커피

이회남

어떤 이가 말했다
인생은 쓴 커피와 같다고
나의 인생은 셀프 커피숍

아이들이 시끄럽게 할 때도
아이스 아메리카노 한잔

아침에 일어나면 찾는
아이스 아메리카노 한잔

심심할 때도
아이스 아메리카노 한잔

고민이 많을 때도
아이스 아메리카노 한잔

그럼 기분이 좋을 때도
아이스 아메리카노 한잔 어때요

기분이 좋을 땐
당연히 술 한 잔

• 중국

미래의 나

닌 유키에

미래의 나는 분명 행복하다
이유는 없지만 오늘이 행복하기 때문에

내일의 나는 오늘보다 약간 행복하다
이것을 매일 계속하자! 미래까지

매일 작은 것에 행복을 찾을 수 있는 사람이
되고 싶다 생각이 인생을 만든다

그렇게 생각하면 그렇게 된다
그렇다면 나는 오늘도 행복하다

행복을 계속하자! 미래까지
미래의 나를 위해

• 일본

야생화

문대훈

바람에 몸을 싣고
흘러가는 꽃씨들
너도 나도 너른 들판을
향해가지만
나 홀로 차가운 도시에
닻을 내리네
서늘한 그늘과 양분 없는
땅이지만
드넓고 양지바른 세상의
꽃들처럼
땅속 깊이 뿌리내리고
꽃을 피우네

• 한국

땀방울

김창택

이른 새벽
창문을 열고
달려오는 시간을 안는다

검붉은 내 몸 닮은
아침햇살 벗삼아
암갈색 자갈흙 밟으면
송골송골 솟아나는 땀방울
그 안에 내 삶을 담는다

그 방울 안에
뭉게구름처럼 피어나던
나를 지켜온 희망이 담겼다

• 운영위원 · 전 하귀농협 조합장

오월엔 외1편

홍임숙

오월엔
활짝 핀 꽃들처럼
우리의 마음도 활짝 피었으면

오월엔
세상을 아름답게 물들이는 꽃들처럼
모두의 삶이 아름답게 빛났으면

오월엔
어여쁜 장미꽃들처럼
우리의 마음에도 사랑이 충만했으면

오월엔
온통 싱그러운 꽃망울처럼
모두가 싱싱하게
꽃피기를

그런 오월을 그려본다

• 운영위원 · 전 아식스 신제주대리점 대표

모시개떡

불타는 뙤약볕
땀방울 후두둑 떨어질 때면
입안 가득 퍼지던
모시향이 생각난다

뜨거운 여름날
온몸 적시는 땀방울에
기력 떨어질 때면
원기회복하라며 온정성으로 빚어내신
어머니의 모시개떡

술 못마시던 아버지
유난히도 좋아하신 모시개떡
이제 그 아버지 하늘나라 가시고
농사일로 숨 가쁜 친구 생각하며
모시개떡 빚어본다

불타는 여름아
모시개떡 하나 줄터이니
너무 뜨겁게는 태우지 말아다오

여보

임상언

생각만 해도 가슴 찡한
밤새도록 보듬어 주고
자랑하고 싶은 당신

부부의 인연으로
한날한시 부모가 되었건만

아기도 당신 몫
집안청소도 당신 몫
요리도 당신 몫
덤으로 얹힌 큰아들까지
잘 키워준 능력자

이제야 철든 큰아들
당신의 손과 발이 되리니
고맙소
사랑하오
여보

• 운영위원 · 홍도통신 대표이사

차 한 잔의 여유

양정인

이른 아침
마주한 찻잔에서
전해오는 향긋함

찻잔 속에 담긴
따스함이 주는
소박한 여유
깨닫는 행복

오늘도
한 잔의 차를 마시며
감사함을 배운다

• 운영위원 · 주) 요석산업 대표이사

내 고향 바닷가

김영창

초등 어릴 적 여름방학이면
하루에도 몇 번씩 바닷가로 달려간다

수영하며 물장구치고
물 속 잠수하면서 놀다 지치면
용천수로 몸 헹구고 추워 덜덜
햇빛 머금은 넓적 먹돌 위에 누워 몸을 데운다

갯지렁이 미끼로 어렝이 고생이
맥진다리 낚으며
세상 부러울 것 없던
어린 시절 내 고향 바닷가

• 운영위원 · 전 애월읍 사랑의 삼고리 위원장

그리움

고승암

멈출 줄 모르고
바쁘게만 달려온 걸음
고단한 허리 펴니
어느새 서산이 눈앞이다

세월 속에서 묻혀져 간
화려했던 젊음
추억 속에 숨은
해맑았던 친구들이
그리워진다

서럽게 흔들리는
나뭇잎 사이로
보고 싶던 얼굴
하나둘 잊혀져간다

휘몰아치던 삶의 소용돌이
뜨거웠던 열정도 이제
온도를 내려본다

한순간으로 사라진 시간들
얼마나 남아 있을까
안타까움에 그리움 담으며
오늘도 행복을 빌어본다

• 운영위원 · 하나로국제예술단 단장

어머니

이용화

스물 입 곱
곱닥흔 모습으로
홀로 되신 어머니

아들자식 키우려
바다에 목숨 내놓으시고
깊은 물속에 등 휘어지는 줄
모른 채 고달픈 삶 살아오신
우리 어머니

손자들 보명
이제야 깨닫는
오롯이 아들 하나 기대어
살아오신 어머니의 힘든 삶

잠든 아들 깨울세라
조심조심 화장실 가시는

침대 위의 우리 어머니

존경합니다

고맙습니다

사랑합니다

• 운영위원 · 전 애월읍장

아침의 색

전진우

모두가 잠들어 있는 시간
홀로 나와 새벽공기를 마신다

나의 아침은 검은색

가로등 불빛이 비추는
어두운 터널 끝은 나의 일터

하얀 스위치를 누르고
어둠에 빛이 들어오면
어김없이 들려오는 도세기 울음소리

모두가 꿈을 꾸고 있는 시간
나는 까만 아침에 꿈을 꾼다

당신의 아침은 어떤 색인가요

• 운영위원 · 오름축산 대표

시간

임정민

아기가 많이 울어 힘들어요
시어머니 말씀 많아요
한국말 어려워 무슨 말 몰라요
남편 매일매일 술 큰소리 속상해요
한국 음식 빨간색 많아요
흰색도 너무 매워 위 아파요

친정이 그립다며 글썽이는 눈물
걱정 풀어 놓고
돌아서는 뒷모습에
전염되는 한숨

아기의 웃음소리
시어머니의 따뜻함
남편의 사랑에
풀어놓는 행복한 웃음보따리
시간만이 주는 행복

• 국제가정문화원 원장

다문화가족 글 모음집 1

소중한 사람

발행일 : 2022년 7월 8일

엮은이 : 임정민

펴낸이 : 김태문

펴낸곳 : 도서출판 다락방

주 소 : 서울시 서대문구 북아현로 16길 7 세방그랜빌 2층

전 화 : 02) 312-2029

팩 스 : 02) 393-8399

홈페이지 : www.darakbang.co.kr

값 13,000원

ISBN 978-89-7858-103-5 03810